我听到
酸黄瓜······

WO TINGDAO SUAN HUANGGUA

[美] 瑞秋·伊萨多拉　著　范晓星　译

接力出版社
Publishing House

送给阿丽莎·惠特克尔，她是一位天使！

桂图登字：20-2016-225

图书在版编目（CIP）数据

我听到酸黄瓜…… /（美）瑞秋·伊萨多拉著；范晓星译 . —南宁：接力出版社，2017.8
ISBN 978-7-5448-5001-8

Ⅰ.①我… Ⅱ.①瑞…②范… Ⅲ.①儿童故事 - 图画故事 - 美国 - 现代 Ⅳ.①I712.85

中国版本图书馆CIP数据核字(2017)第182124号

责任编辑：唐　玲　　文字编辑：陈三霞　　美术编辑：卢瑞娜
责任校对：杜伟娜　　责任监印：陈嘉智　　版权联络：金贤玲
社长：黄　俭　　总编辑：白　冰
出版发行：接力出版社　　社址：广西南宁市园湖南路9号　　邮编：530022
电话：010-65546561（发行部）　　传真：010-65545210（发行部）
http://www.jielibj.com　　E-mail:jieli@jielibook.com
印制：北京华联印刷有限公司
开本：889毫米×1194毫米　1/12　　印张：$3\frac{4}{12}$　　字数：10千字
版次：2017年8月第1版　　印次：2017年8月第1次印刷
印数：00 001—10 000册　　定价：36.00元

目　录

我听到

啾啾！啾啾！

我听到小鸟在唱歌。

嗡嗡！嗡嗡！

我听到蜜蜂在飞舞。
哎呀！

我听不到毛毛虫。

我听到海鸥在叫。

嘎嘎！嘎嘎！

我听到贝壳里传来大海的歌谣。

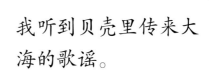哗啦！哗啦！

我听到海浪的声音。

3

我听到奶奶的问候。

你好!

我们听到音乐。
我们手舞足蹈。

咚!咚!咚!

我听到了鼓声。
好吵!

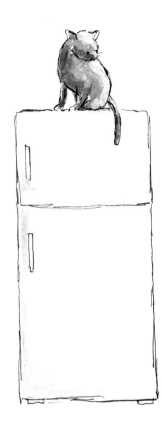

我听到冰箱在工作。
我听到小猫发出呜呜声。

我听到吸尘器响。

轰！轰！

嘀嘀！叭叭！嘀嘀！

我听到路上车来车往。

滴答！滴答！

我听到下雨了。

轰隆隆！轰隆隆！

我听到打雷了。

雪花在飘落，我听不到。

好棒！赢啦！

砰！

我听到击球的声音。
我听到观众的欢呼声！

我闻到

我闻到香皂的味道。

我闻到了妈妈的香水味。
真香呀！

我闻闻我的小毯子。
我喜欢我的小毯子。

我闻到宝宝拉屁屁了。

我闻到了哥哥的球鞋味。

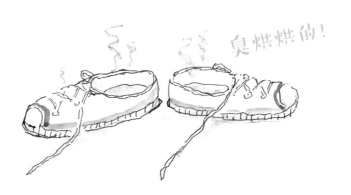

我闻到了面包的香味。
好饿呀！

我闻到了烤面包片的味道。
烤煳了！

乔的
比萨店

我闻到了比萨的香味。

一定很好吃！

我闻到奶酪的味道。

臭臭的！

我什么都闻不到。
我感冒了。

阿嚏！

我闻到雨的气味。

我闻到青青的小草。
真清新！

我不喜欢闻奶牛的屁屁。

我闻到了花香。

我看到

我看到飞机飞得好高。

灯亮了，我能看见。

关灯了，我看不见了！

我看书。
我给小猫亨利读书。

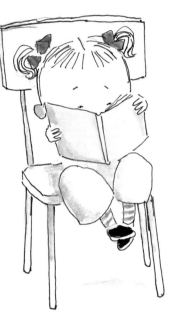

我看不清书里的字。　　我戴上眼镜，看清了！

花儿一天天长大，我看不出来！

我看到了查理。

接球！

我看到大雪纷飞。
我找不到我的手套。

我望着月亮。

我望着星星。
我许下一个心愿。

我看到了小兔子。
小兔子蹦蹦跳跳！

我看到乌龟壳，可我看不到乌龟。

你好，在家呢！

我看到在放烟火。

哇！

再见!

我看到气球飞走了。

我摸到

软软的！

我摸摸好脾气的小狗。

我碰碰小鸟。

嗨，露露！

我不能摸小鱼！

我玩沙子。
我建了一座城堡。

我用手接雨水。

会扎手！

我不敢碰仙人掌。

我挠弟弟的小脚丫。

嘻嘻!

我不敢碰磕破的地方。

好疼!

不可以!

我不能摸电线的插头。

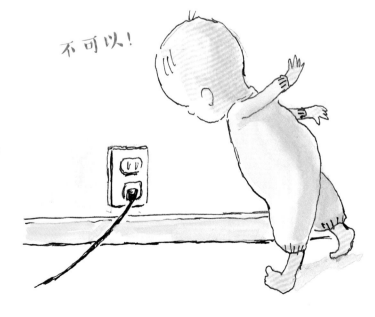

我举着棒棒糖。

黏糊糊的！

我碰掉了鸡蛋。

哎哟！

我不能摸炉子。
它很烫！

我用手指挖了一小口蛋糕。

我拿着蚯蚓。

又黏又滑！

我不能摸刚画好的画。
颜料还没干呢！

噗！噗！噗！

我拍肥皂泡玩。

我尝到

我吃了一口西瓜。

真甜!

我咬了一口碱水面包。

咸的!

我喜欢吃热狗。

太好吃了!

我等一会儿才能喝麦片粥,
它还烫着呢!

我咬了一大口苹果。

咔嚓！

我吃了一勺辣味肉豆。

好辣！

我大口大口喝牛奶。

我不想吃菠菜。

我尝了一点儿，很好吃呢！

我喜欢吃饼干。
小鸟也喜欢吃饼干！

我尝尝花生酱和
果酱三明治。

我吃果酱三明治。
我吃花生会过敏。

太美味了!

我吃肉丸子意大利面。
我最喜欢的饭!

什么时候才能吃蛋糕啊……
等吃过晚饭!

我喜欢吃冰激凌。
我的小狗也喜欢吃冰激凌。

我咬了一口酸黄瓜。

真酸。

我闻了闻酸黄瓜。

有点儿辣。

我看看酸黄瓜。

它是绿色的。

我拿起酸黄瓜。

有点儿滑。

我听到咬酸黄瓜的声音……

咔嚓！咔嚓！